ESTE LIVRO
PERTENCE A

CIP-BRASIL. CATALOGAÇÃO NA PUBLICAÇÃO
SINDICATO NACIONAL DOS EDITORES DE LIVROS, RJ

P95

Primeiros traços com os filhotes . - - 1. ed. - Barueri, SP : Ciranda Cultural, 2016.
16 p. : il. ; 28 cm.

ISBN 978-85-380-5853-3

1. Passatempos - Literatura infantojuvenil brasileira. 2. Aprendizagem por atividades. I. Título.

16-34535 CDD: 028.5
CDU: 087.5

Ciranda Cultural Editora e Distribuidora Ltda.
Produção: Ciranda Cultural

1ª Edição em 2016
8ª Impressão em 2024
www.cirandacultural.com.br

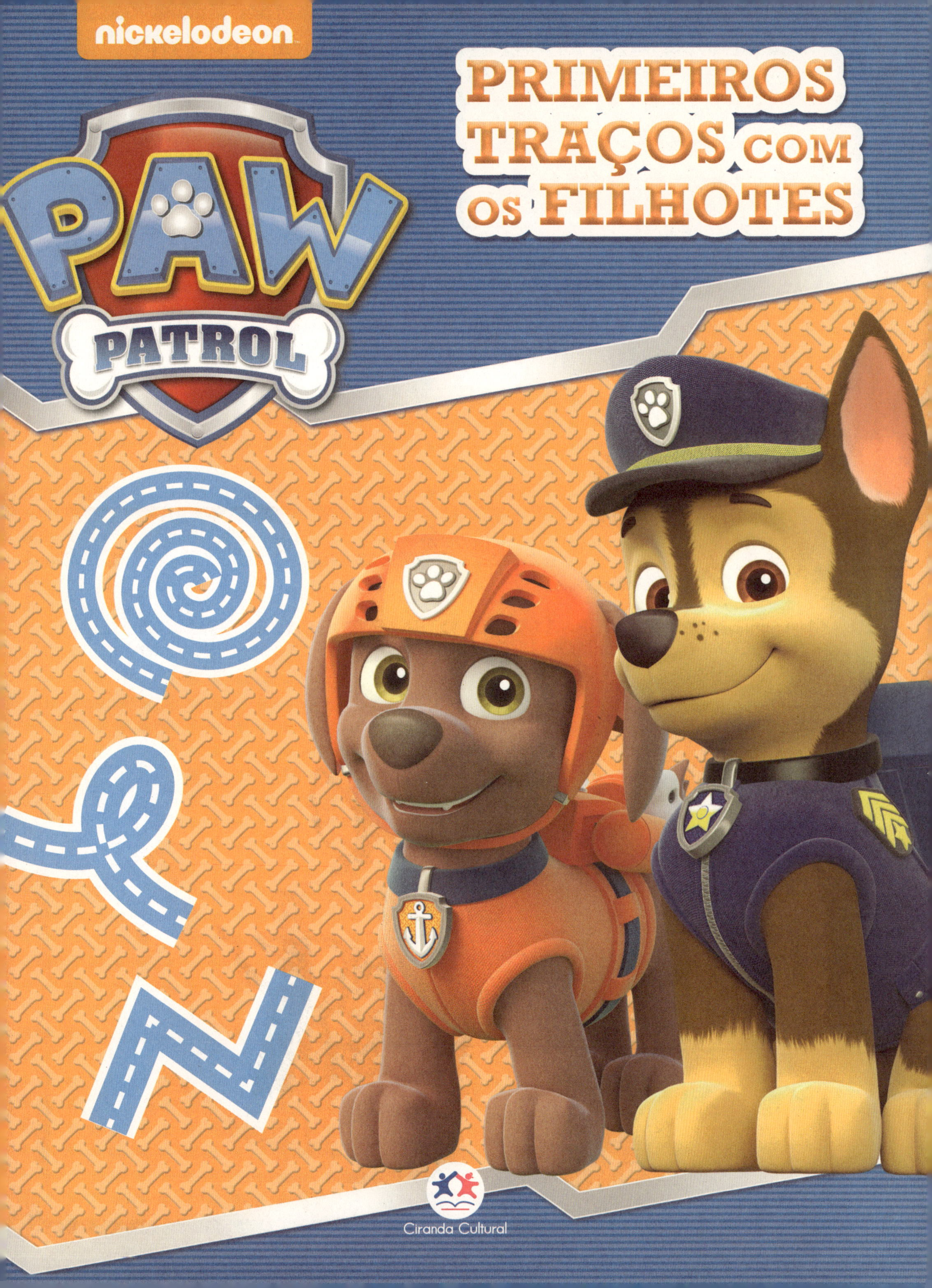
nickelodeon
PAW PATROL
PRIMEIROS TRAÇOS COM OS FILHOTES
Ciranda Cultural

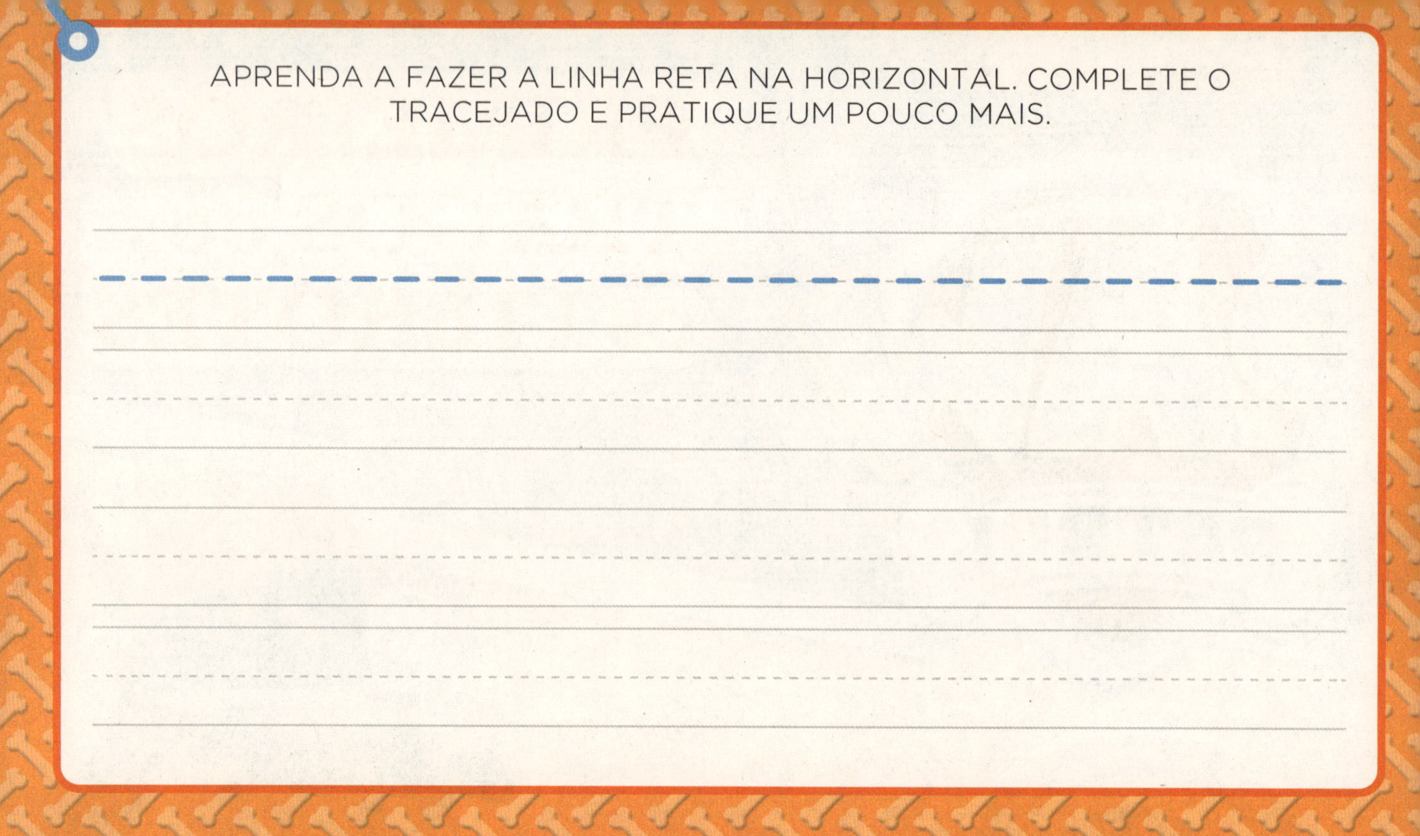
APRENDA A FAZER A LINHA RETA NA HORIZONTAL. COMPLETE O TRACEJADO E PRATIQUE UM POUCO MAIS.

CHASE TEM UMA LANTERNA MUITO POTENTE, QUE FAZ UM FACHO DE LUZ BEM ILUMINADO. CONTORNE O TRACEJADO DAS LINHAS RETAS PARA COMPLETAR O FACHO DE LUZ DA LANTERNA DO CHASE.

OBSERVE AS LINHAS ABAIXO E CONTORNE O TRACEJADO PARA APRENDER A FAZER A LINHA RETA NA VERTICAL. DEPOIS, PRATIQUE MAIS ESSA LINHA.

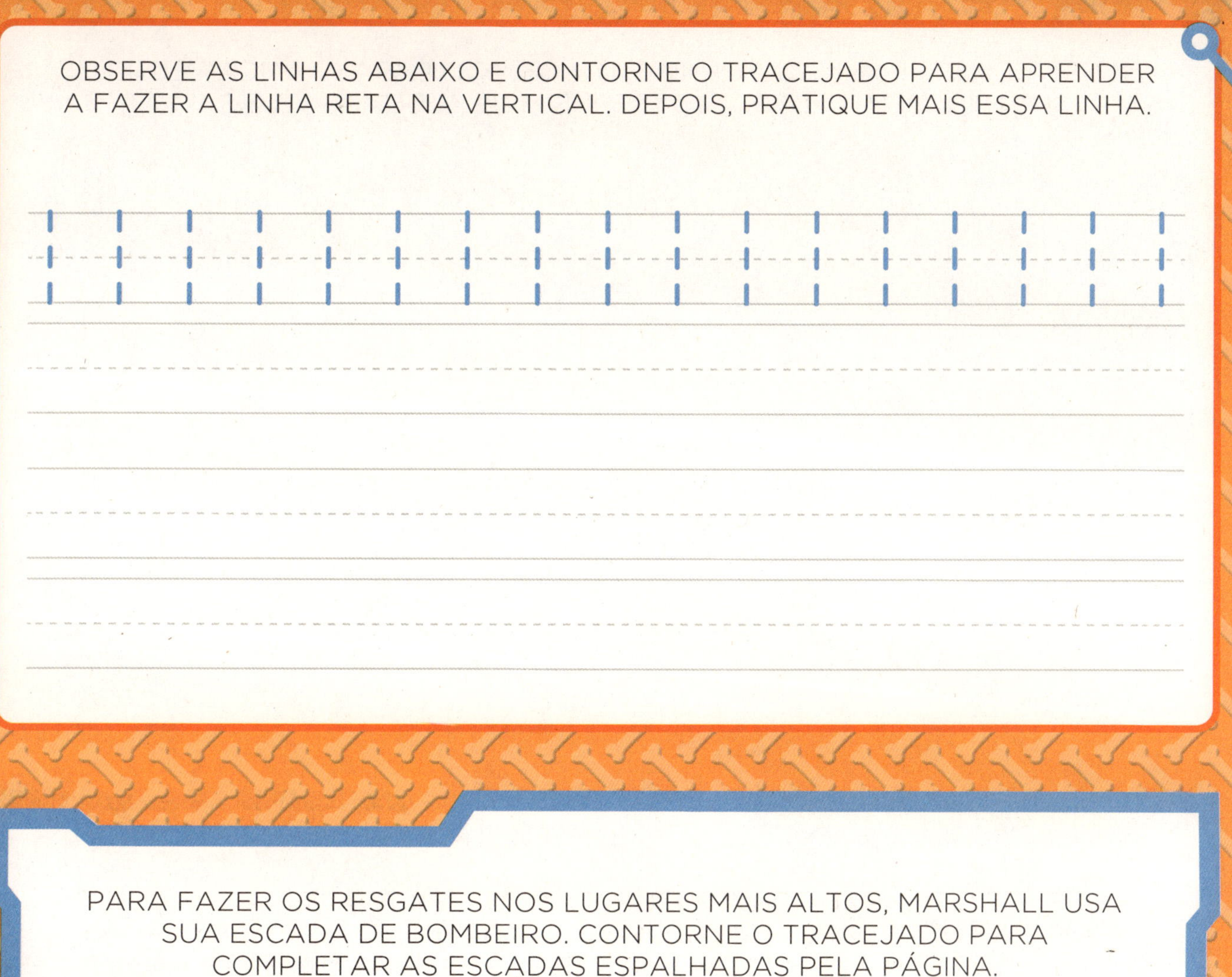

PARA FAZER OS RESGATES NOS LUGARES MAIS ALTOS, MARSHALL USA SUA ESCADA DE BOMBEIRO. CONTORNE O TRACEJADO PARA COMPLETAR AS ESCADAS ESPALHADAS PELA PÁGINA.

ESTA É A ESPIRAL! CONTORNE O TRACEJADO PARA PRATICAR ESSE MOVIMENTO. DEPOIS, DESENHE MAIS ALGUMAS VEZES.

RUBBLE É O FILHOTE CONSTRUTOR! COM SUA ESCAVADEIRA, ELE PODE PERFURAR OS LUGARES MAIS DIFÍCEIS. CONTORNE O TRACEJADO PARA COMPLETAR O MOVIMENTO QUE A ESCAVADEIRA DO RUBBLE FAZ.

OBSERVE AS LINHAS ABAIXO E CONTORNE O TRACEJADO PARA APRENDER MAIS UM MOVIMENTO. DEPOIS, PRATIQUE.

O HELICÓPTERO DA SKYE É PERFEITO QUANDO O RESGATE É NOS ARES! CONTORNE O TRACEJADO DA LINHA PARA COMPLETAR O MOVIMENTO DO HELICÓPTERO DANDO PIRUETAS NO AR.

VOCÊ CONHECE O ZIGUE-ZAGUE? OBSERVE AS LINHAS ABAIXO E CONTORNE O TRACEJADO PARA APRENDER. DEPOIS, PRATIQUE MAIS ESSE MOVIMENTO NO ESPAÇO EM BRANCO.

ROCKY É ESPECIALISTA EM GUARDAR OBJETOS RECICLÁVEIS. POR ISSO, ELE ESTÁ SEMPRE INDO E VOLTANDO PARA BUSCAR OS OBJETOS. CONTORNE O TRACEJADO DA LINHA PARA COMPLETAR O MOVIMENTO DE ZIGUE-ZAGUE QUE O ROCKY FAZ QUANDO VAI E VOLTA.

A LINHA ONDULADA PARECE O MOVIMENTO DAS ONDAS DO MAR!
CONTORNE O TRACEJADO PARA PRATICAR E REPITA
NO ESPAÇO EM BRANCO.

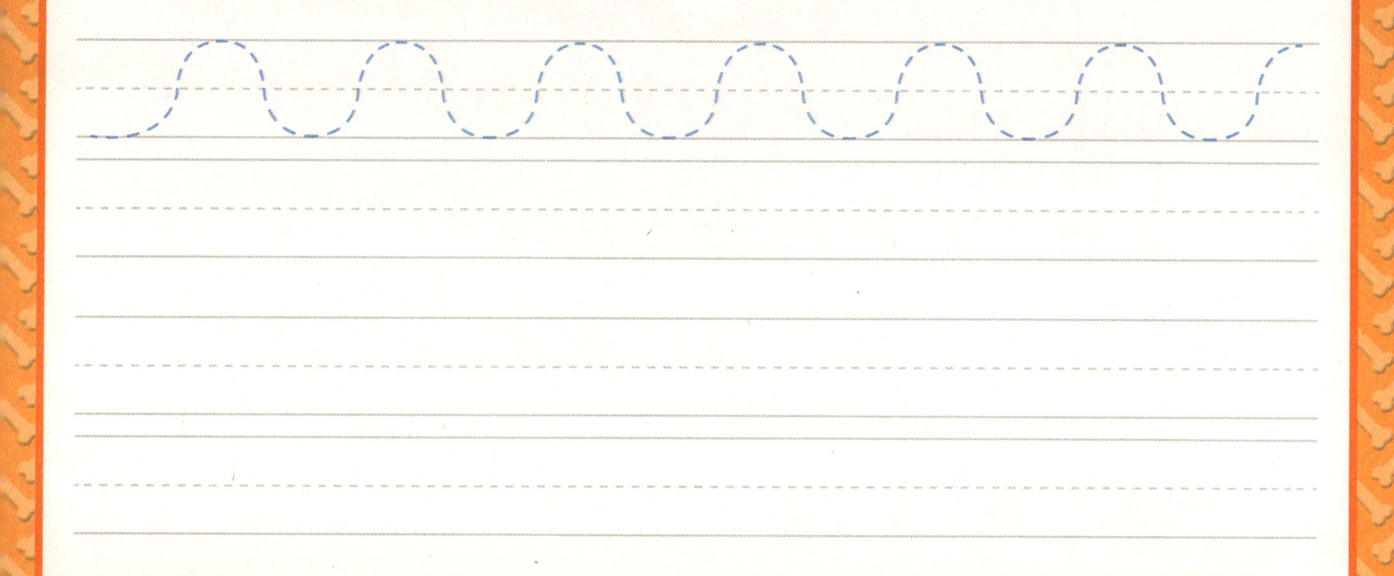

ZUMA AMA O MAR, JÁ QUE ELE É UM FILHOTE SALVA-VIDAS!
CONTORNE O TRACEJADO DA LINHA PARA COMPLETAR
O MOVIMENTO DAS ONDAS DO MAR.

QUANDO A BOLA QUICA, ELA FAZ ESTE MOVIMENTO, NÃO É MESMO? CONTORNE O TRACEJADO E PRATIQUE UM POUCO MAIS.

MARSHALL É MUITO ATRAPALHADO! ELE CAIU E SAIU QUICANDO PELO CHÃO. CONTORNE O TRACEJADO DA LINHA PARA COMPLETAR O MOVIMENTO DO MARSHALL QUICANDO COMO UMA BOLA.

QUE TAL PRATICAR MAIS UM MOVIMENTO? CONTORNE O TRACEJADO PARA APRENDER E PRATICAR MAIS UM TRAÇO DIVERTIDO.

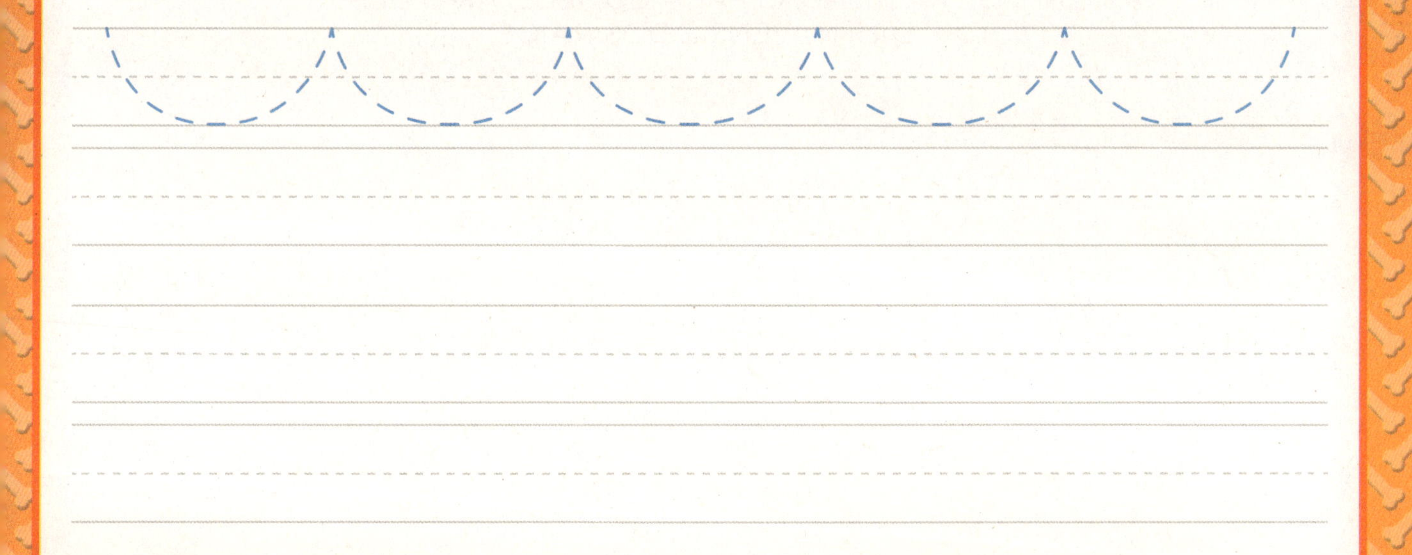

CHASE FICOU PRESO NO SEU SACO DE DORMIR E SAIU SE ARRASTANDO POR AÍ COMO UMA MINHOCA. CONTORNE O TRACEJADO PARA COMPLETAR O MOVIMENTO QUE ELE FEZ.

SKYE ESTAVA VOANDO, E COMEÇOU A CHOVER! CONTORNE AS LINHAS TRACEJADAS PARA COMPLETAR O DESENHO DAS NUVENS E DOS RAIOS.

OS FILHOTES PRECISAM CHEGAR AOS SEUS VEÍCULOS PARA FAZER MAIS UM RESGATE! LIGUE CADA FILHOTE AO SEU VEÍCULO CONTORNANDO O CAMINHO TRACEJADO.

OS FILHOTES ESTÃO ARRUMANDO OS ENFEITES DE NATAL!
COMPLETE AS IMAGENS CONTORNANDO O TRACEJADO
E, DEPOIS, PINTE OS DESENHOS.

RYDER PRECISA DE AJUDA PARA ESCREVER TODO O ALFABETO. VOCÊ PODE AJUDÁ-LO? VOCÊ VAI NOTAR QUE, COM OS TRAÇOS QUE APRENDEMOS, FICA MAIS FÁCIL ESCREVER AS LETRAS.

Aa Bb Cc Dd Ee Ff Gg

Hh Ii Jj Kk Ll Mm Nn

Oo Pp Qq Rr Ss Tt Uu

Vv Ww Xx Yy Zz

A DIVERSÃO AINDA NÃO ACABOU! CONTORNE A IMAGEM DA CALI NO QUADRO EM BRANCO. DEPOIS, PINTE-A!